maria lucas

coleção Quem dera

HECATOMBE
2021

ESSE SANGUE NÃO É DE MENS-TRUAÇÃO MAS DE TRANS-FOBIA

HECATOMBE

rua do caju, 478
jardim das cerejeiras
cotia — sp
06724-015

[55] 19 9 82411532

sumário

ILUSTRAÇÃO: ÍRA BARILLO

[prefácio]
corpo ouvido

Este texto, esta existência, não começa no meu corpo — na minha corpa — e nem terminará no meu, na minha...

Essa existência, texto-corpo, se dá através de uma corpa em transmutação.

Talvez seja sobre sentir a orelha crescendo e ser uma espécie de corpa-ouvido, ser toda ouvidos aos meus processos como pessoa trans em um mundo construído sobre bases altamente transfóbicas.

Ser ouvido. Talvez seja sobre não ser ouvida e precisar escrever e escutar a mim mesma para ter forças em-nessa plataforma escrita, expor ao mundo essa vivência esquisita (não sou eu, mas sim o mundo que é esquisito). Não nascemos, nós, pessoas trans, em um corpo errado, mas sim num mundo com padrões cisgêneros equivocados, ditatoriais e agressivos.

Sentir-me ouvido-corpo/orelha-corpa é problematizar a existência do meu feminino, da minha feminilidade não ligada à natureza; estou para além da natureza, extrapolo o corpo-prótese, pois prostéticos somos todos. O que é "natural" em uma sociedade altamente construída, performática e cultural? Gênero é construção social.

Minha mulheridade não sangra o sangue da menstruação, não possuo o ciclo menstrual — meus ciclos são outros. Infelizmente o sangue que jorra de nossas corpas trans é, ainda e atrasadamente, o sangue não só do feminicídio, mas da transfobia que nos mata e exclui do convívio social.

Escuto minhas ancestrais, (re)construo minha transancestralidade. Mas, nesse processo de empoderamento e afirmação pessoal, escuto as vozes que me gritam que sou uma aberração, que me batem e me excluem da casa, da escola — de distintas formas — e de qualquer outra instituição.

Ouvir é intuição.

Vivo em ação.

Escuto.

Este livro é um acúmulo de relatos vividos pela autora e auto-ficcionados como num despejo, um vômito. É escrito com o desejo de expurgar de seu corpo todas as violências que marcam a vivência de mulheres trans e travestis no Brasil, entendendo a importância de ser uma voz que explicita isso, de forma direta e violenta, assim como é o cotidiano desses corpos, no país que mais as objetifica e mata em todo o mundo.

A obra nasce com o desejo de construir uma série de poesias, mas se desenvolve como um retalho de momentos que se concatenam numa fatia de vida da personagem-autora.

Dois dias consecutivos no cotidiano da personagem trans Ela. Dois dias que poderiam ser os últimos se Ela, a autora, não tivesse plasmado sua existência a partir da escrita, para que este texto chegasse em suas mãos e fosse absorvido pelos seus (espero que) atentos olhos.

capítulo 0 — escutar

Ela levanta
e se prepara pra ser questionada. No caso, Ela é tratada como ele nos espaços sociais, inclusive dentro de sua própria casa. Não as outras das quais foi expulsa de distintas formas, mas a presente que também a expulsará. Na atual casa de Ela, nossa personagem acorda atordoada pois escuta ofensas vindas da cozinha, parte adjunta ao seu quarto-anexo numa casa gigantesca no centro do Rio (de Janeiro). Ela foge das estatísticas, pois, mesmo sendo o que muitos leem como bixa, ainda é uma travesti artista que está contratada como pesquisadora em uma residência artística. Foi dormir tarde pesquisando sua trans-ancestralidade. Antes de dormir, postou indagações oriundas de sua pesquisa sobre gênero, mais especificamente sobre a cisgeneridade, em seu *Instagram*, sua plataforma *on-line*. Mesmo tapando os ouvidos para dormir, acorda escutando o que não quer ouvir:

— Que ela vá viver na Casa Nem[1] *se não tá gostando de viver aqui!*

A ignorância cisgênera compreende que o que Ela faz, fala e compartilha é uma aposta contra a existência cis, uma indireta. Sua fala é expurgada de forma esculachada pela coordenadora dessa grande casa; uma mulher hetero-cis, branca, acadêmica e artista — e feminista. Tais falas mortíferas são ouvidas e não questionadas pelas duas outras artistas também brancas e cis e lésbicas, e impulsionadas pela bixa não binária que ali endossa esse coro com um discurso que, em partes — ou em outra ocasião —, também a mata.

A dor de ouvir tamanha violência é sentida da mesma forma que pensada:

— Por que receber ódio de outras mulheres apenas pela minha existência?

Por que a existência d'Ela só pode permanecer em um local construído para acolher corpos

1 Casa Nem é um dos principais abrigos para pessoas trans em casos de expulsão e vulnerabilidade social no Rio de Janeiro, impulsionado e coordenado pela militante trans Indianare Siqueira.

trans expulsos e impossibilitados de existir em outros espaços? Por que o trabalho de escrita e arte d'Ela só pode ser visto como uma afronta à cisgeneridade? E, se for uma afronta — pois também o é —, por que não repensar seu lugar como pessoa cis e não pessoalizar o discurso, mas pensá-lo numa forma macro, em um contexto social? Se parassem para pensar um instante na construção dessa casa mencionada, é certa e é dada a resposta do porquê da existência de tal morada; corpas trans são expulsas e desmoralizadas, assim como a corpa da personagem Ela nessa atual e transfóbica casa.

E se revertêssemos a mirada: imagine se fosse uma maioria de travestis hostilizando uma mulher cis por ela ter escrito algo de sua pesquisa em uma rede social? Imagine que essas travestis falassem para a mesma ir viver em uma casa de acolhimento equiparável à Casa Nem, só que para mulheres cis que, em alto número, são expulsas de casa ainda crianças, sofrem de violências diárias por lutarem pra serem reconhecidas por seu gênero ou estão morrendo aos montes — e com requintes de crueldade —, tendo seu nome e sua identidade de gênero desrespeitados em seus lares, trabalhos e até em suas lápides. O mais triste é que a tal casa para outras corpas femininas, que não trans, é construída de uma forma inteiramente diferente. Fica então difícil a comparação, agora revertendo a posição e colocando no nosso lugar marginal a cisgeneridade. Ela não queria, e não fazia, com isso, um menosprezo às altíssimas violências cometidas contra mulheres cis, não é e nunca foi sobre isso o seu olhar, sua pesquisa e a construção desse diário-texto. É preciso explicitar que o nosso corpo, d'Ela e meu, nesse contexto Brasil, é ultrajado por toda uma sociedade e, muitas das vezes, também e infelizmente, por fatias da cisgeneridade que podiam estar do nosso lado e nos respeitando de verdade —e não só como uma bandeira, uma *hashtag cult* e descolada, para na primeira oportunidade vomitar sua transfobia descarada.

Nesse fatídico dia, Ela precisava ir encarar a rua (em meio à quarentena ocasionada pelo COVID 19 — Corona Vírus — e, mesmo com máscara e álcool, se sentia nua pelos olhares que iria ter de atravessar), realizar um dos diversos procedimentos para retificação de seus documentos.

O que poderia ser empoderamento, por vezes é tormento. Ela se lembra de várias situações e momentos intimidatórios, de humilhações sociais que sofre e sofreu apenas por ser uma mulher com uma trajetória trans, diferente das demais dessa casa e de outros espaços sociais.

Como o dia em que foi compulsoriamente chamada de SENHOR na portaria do cartório e, como num interrogatório, envolta por seguranças que riam d'Ela, fazendo com que seu corpo fosse visto como chacota e vexatório. O dia em que teve que provar em outra instituição que Ela era de fato Ela, sendo obrigada a assinar sem olhar em sua RG-identidade, comprovando que sua assinatura era igual, sua mesma, para mostrar que não era uma farsa e que não cometia um crime de alteridade. Ou no dia em que corrigiu o motorista de ônibus dizendo que não era ele, mas Ela, e teve suas moedas de troco jogadas fazendo pipoco no chão do automóvel roco que fazia barulho ao acelerar. Ela caiu e viu os outros e outras transeuntes transfóbicos gargalharem com seu sufoco, seu escorregar. Ou no dia em que desceu de casa pra comprar pão de manhã na padaria e, na frente do carro da polícia que ria, um homem a puxa pelo braço: *em qual puteiro você trabalha, putinha?*

Nesse dia fatídico Ela fracassou em seu exílio. Se autoexilou pois não teve forças, uma concatenação de tudo que a transfobia lhe ocasionou. Resolveu se trancar em seu quarto, de luto. Escreveu para reverter dor em força e não construir uma forca para com sua vida acabar. Mas não acabou por aí, infelizmente a cisgeneridade insiste em nos matar.

Ao trancar todo o seu quarto, as outras pessoas da casa se sentem livres para "à vontade" d'Ela falar. Assim ouviu muitas outras coisas que nesse momento me parecem difíceis elaborar, lembrando que eu sou Ela e essa personagem é viva em mim. Relembrar essas violências é repensar minha existência e os acordos que fiz trancada nesse quarto, acordando com minha vida a não acabar.

Ela escuta sobre seu corpo, mais especificamente sobre sua genitália. É muito a partir d'Ela que pessoas transfóbicas insistem em nos agredir e apagar. Nossa personagem eu-Ela nos lembra do quanto sinalizamos para TODAS da casa sobre piadas e brincadeiras que a coordenadora do espaço-casa insistia em manter: rir de micropênis, brincar e perpetuar a ideia de que quem o tem é homem e, sendo homem, a pessoa que possui um pênis pequeno precisa ser chacota, ofendida. Após inúmeras falas proferidas por Ela-eu, alertando sobre o discurso da disforia ou sobre lugares violentos socialmente nos quais somos alocadas — ou alijadas — por possuir um minifalo, nada muda e as piadas continuam, na frente d'Ela ou não.

Assim como neste livro, mas não com palavras, Ela vomita sua cama, seu quarto. Trancada, escuta tudo que é dito na porta da cozinha, na janela de seu quarto. Sem forças, prefere não sair; *se eu saio, eu choro e não consigo falar, ou então serei só violenta ao gritar.* Esses lugares, do corpo que sofre ou que agride, são clichês da cisgeneridade alocados em nossos corpos e oriundos da situação que ela sempre provoca.

Presa, Ela fica a escrever. Como num ato heroico, envia um texto exploratório:

"Eu não quero nada de ninguém. Eu não quero treta. Eu sou mulher mesmo sem ter buceta. Eu só quero respeito e que comigo ninguém mexa."

E assim seguiu o texto d'Ela, com muitas outras explicações, dados e especificações sobre o ser trans.

Mesmo sem muita esperança, envia o texto e descansa. Sonha e se lembra do último momento em que tentou uma conversa com a que coordena a casa indigesta. Ouviu uma resposta bem do jeitinho que a transfobia se manifesta:

— *Eu não vou deixar de fazer essa piada por conta do seu* ***problema de sexualidade****!*

Isso foi antes de ser mandada pra Casa Nem, numa fala impensada com o ódio de quem o tem, e antes do próximo e último dia d'Ela nessa casa não habitável com pessoas vazias.

Com muita dor no seu peito, não só pelo dito e feito pelos outros, Ela se sente podre como um esgoto. Se hormoniza há alguns meses, seu peito cresce à medida que vive sob estresse nesse país, nessa casa, nesse quarto que a adoece. Com dores no seio que endurece, Ela cai no sono e descansa, pensando que com seu pedido-texto a transfobia fosse se extinguir, ou ao menos diminuir.

capítulo 1 — o som do trauma

Gritos e latidos de cachorro,
assim começa o segundo dia desta narrativa. As poucas horas dessa noite mal dormida, não só pelas dores do crescente peito, mas pelas dores mentais da exacerbação e crescimento da transfobia, são bloqueadas por violências verbais a níveis diretos e não mais e somente estruturais. Nesse momento é preciso ressaltar outro personagem disso tudo que na verdade poderia não ser real, mas apenas um triste pesadelo tormento.

A Bixa Preta, vizinha de quarto d'Ela, foi quem se converteu na mais profunda aliada nesses meses de racismo e transfobia descarada. Foi ao ser solicitado que Ela e a Bixa, apenas elas — uma trans e a outra negra —, utilizassem máscaras nos ambientes internos da casa que essa amizade foi desenvolvida e acelerada. A desculpa racista e transfóbica foi que elas, somente as duas, saíam pra trabalhar durante a quarentena (mesmo Ela tendo somente uma vez ido gravar uma vídeo-aula em um estúdio altamente equipado com exigências para se gravar em meio à pandemia). Podemos questionar o porquê de apenas o único corpo preto e o único corpo trans terem de se submeter à exposição ao vírus em meio à quarentena, mas é mais preciso analisar o quanto de repugnância esses corpos provocam na cisgeneridade branca que, no máximo, merece pena. Sem contar que amigos e namorado (homens brancos, de classe média alta e cisgêneros) não moradores da casa entravam e saíam desse espaço a todo o tempo, dividindo lugares comuns — e cigarros/comida/bebida — sem que seus corpos fossem vistos como ameaça, ou com a obrigação da máscara.

É importante lembrar também que todas as mulheres cis não só se juntaram na cozinha para ler o objeto artístico de Ela, entender como uma afronta e enxovalhar o local onde Ela vive (e paga suas contas e aluguel sem atraso ou deslize), mas também para se fortalecer ao pedir, em conjunto, suas compras do mês e assim exercerem sua sororidade cis, que também pode ser lida como ódio trans e apagamento de vivências racializadas e travestis. Era a Bixa Preta que, em seu dia de folga, convidava Ela para ir no mercado e, ao seu lado, presenciava as violências pelas quais o corpo trans passa —isso sim é ser aliado. Do contrário, as outras mulheres (cis) da casa não se importavam que essa mulher (trans) tivesse de ir à rua em meio à quarentena e ainda a taxavam de violenta e crua, sem pudor e sem pensarem ao menos o quanto esse corpo sofre, de múltiplas formas, ao ter de se deslocar pela rua.

Mas voltemos ao som.

Os gritos vindos da cozinha eram respostas ao texto apaziguador de Ela, enviado na noite anterior, que se tremia inconstante em seu quarto alucinante; *mais um dia em que ficarei presa, não sairei para não ser uma presa. Ou serei taxada de violenta ou como mera sofredora, não compatível com essa vivência da cisgeneridade branca e burguesa.* Mas, para surpresa d'Ela, a Bixa Preta não tinha, nesse dia, ido trabalhar. Revoltada pelos gritos transfóbicos, a bixa sai do seu quarto e tenta conversar.

— *Machistas, saiam daqui. Nessa casa vocês não merecem existir!*

Ao perceber que sua aliada, por lhe defender, estava sendo insultada, Ela decide se desentocar. Segurando o peito que dói e pressentindo um ato que lhe destrói, sai do quarto e adentra a cozinha, deparando-se com um movimento de agressão de quem agride e não de quem em conjunto constrói:

— *Nós odiamos a sua existência, vai embora daqui!*

Um peito é colocado na cara de Ela, que tristemente observa:

— *Sou mulher de verdade, tenho peito, posso falar com propriedade!*

Os gritos cessam com outro grito uníssono de uma das brancas cis. É o grito que ela sempre quis, para a Bixa Preta, gritar com um homem preto, mandá-lo calar. Enquanto isso a travesti está em seu canto, segurando seu peito e sua dignidade, caem lágrimas não só de choro. Perdeu o controle, está a mijar.

. . .

Na área externa da casa, Ela passa mal. Vomita seus hormônios, sangra dor e sofrimento visceral. Seus ouvidos latejam toda a transfobia literal ouvida nas primeiras horas do dia, agressão matinal. A Bixa Preta segura sua mão trêmula, as duas. A coordenadora do espaço passa ao redor rindo, fumando seu cigarro de artista.

— *Tem uma pessoa chorando aqui, respeita.*

A coordenadora-feminista-transexcludente sai rindo. Quem fala isso é um cara, único macho cis morador da casa. Ele, e outra menina cis, foram personagens que se aproximaram ao longo dos meses dessas vivências violentadas; uma trans e uma negra, ambas de periferias e socialmente marginalizadas — estigmatizadas na grande maioria dos setores sociais, se não em todos. Mas me recuso a falar desses outros personagens (Macho Cis e Outra Cis), pois compreenderam grande parte das violências, mas se calaram diante das agressões diretas contra essas tais existências. Não basta não ser racista, é preciso ser antirracismo! Não basta não ser transfóbico, é preciso ser anti-transfobia! Entender o corpo trans e o corpo preto como violentos e "difíceis de lidar" em um meio em que estes são a minoria é um clichê do racismo e da transfobia.

Ela, ainda muito panicada, dispara uma mensagem — copiada e colada — para redes de contato em seu celular. Não consegue respirar, mas escreve: *acordei aos gritos! Não espalhe, me preserve, mas preciso de acolhimento, nem um dia mais aqui me serve. Corro perigo.*

Na cozinha, as mulheres cis e a bixa não binária conversam por largas horas.

Na área externa, a Bixa Preta força que Ela coma algo e não só coloque seus hormônios pra fora.

— *Precisamos de uma reunião dentro de uma hora* — diz a coordenadora passando e amedrontando a "minoria" da casa.

— *Ainda tô deglutindo tudo que ouvi mais cedo. Não consigo ter sossego aqui dentro para reunir. Podem fazer sem mim* — comunica Ela.

— *Tá todo mundo assim. Em uma hora, é só dizer que sim. Na sala, responde no WhatsApp* — e sai.

Eis que arquitetaram uma reunião.

...

Sem criar culpa, a travesti desculpa a si mesma por ter enviado o texto na noite anterior. Talvez vejamos nos outros apenas o que permite o nosso interior. Ela esperava reflexão com seu texto, mas as outras só compreendem afronta e violência de tudo que advém da vivência trans nesse meio. Pois é, a travesti incomoda quando fala, quando não existe apenas como objeto representativo em alguma casa ou projeto que se ilude como desconstruído, mas se apega a ideias já cafonas... Assassinas e antigas. Como uma Antígona, Ela entende que precisa lutar para não ter-ser seu corpo enterrado, mas entendendo que é uma corpa que provoca os equívocos da cisgeneridade. Vê-se sem forças nesse dia em que foi acordada com transfobia mesclada ao cachorro que late.

Viu-se na maldita reunião.

Mais uma vez, mais um espaço de representação da caricata e transfóbica (e racista) vivência cis.

— *É agora a votação?*

— *Então...*

As próprias pessoas vacilavam em seus erros, desde o começo. Ela percebe o teatro maquiado de acerto. Assertiva, observa que, se fosse séculos atrás, poderia ser tida como serva de Satanás e queimada viva:

— *Você é bélica e acabou com tudo que construímos nessa casa.*

A Bixa e Ela sentadas num canto. Todas se posicionam enfileiradas do outro. O Macho Cis e a Outra Cis se mesclaram, assim como na sociedade quando se pensa em "não se comprometer"; pra não se autodeclarar preconceituoso (e assassino), melhor não se meter.

Desculpas são pedidas como num teatro religioso. Pautas foram escritas nesse encontro sigiloso entre elas, depois dos gritos raivosos. Um tom de delicadeza e apaziguamento reina, contrapondo o quão explícitas e violentas são suas as falas.

— *Sua energia não é legal, deve ser pelos hormônios que põe no corpo.*

— *Não consigo transar com meu namorado pois lembro do seu corpo.*

A piada do micropênis é feita de novo, algumas riem. Talvez de nervoso?

— Me sinto insegura, você escutou o que falamos ontem. Você escuta pelas paredes. Não sei mais o que pode ter ouvido, um minuto, tô nervosa, tenho sede, — bebe água — *tenho medo de conviver com você. Assim não dá mais, preciso te convencer... A sair daqui, não dá pra com você viver. Nem com você,* — fala pra Bixa Preta — *me sinto vulnerável estando nesse convívio diário com essas pessoas...*

— Também não tenho como viver com você. E nem com você, é só pra me proteger.

— Eu também não tenho...

— Então eu bato o martelo, tá decidido. A maioria votou...

— Pera, não é votação! Estamos só sugerindo... E não é por você ser trans.

— Não, não é por isso. Não somos transfóbicas!

— É só porque não dá pra viver com uma pessoa perigosa.

Eis que uma levanta comemorando o e-mail recebido.

— Desculpa, acabei de passar no doutorado!

— Que arraso!

— Parabéns, mana!

— Vamos decidir logo, acabar e COMEMORAR!

Ela não tem como não se lembrar de quando chegou nessa casa. A entrada no doutorado almejava, mas teve seu nome e gênero expostos de variadas formas (na época ainda estava iniciando o processo de mudança dos documentos — mas, por lei, as universidades precisam respeitar o nome social!). Foi emergencial que se movesse, mandasse *e-mail* já esperando que nunca respondessem (e nunca responderam) e, em todo esse processo cansativo, nenhuma das companheiras dessa casa-cativeiro tiveram empatia, nenhuma palavra para com essa corpa ultrajada, manter-se como aliada.

— Hoje é seu dia de lavar a cozinha e você não lavou nem a pia, amigO! Não adianta chorar porque não passou no doutorado, imagina eu que "nasci mulher"? Tenta de novo "amadO"!

Pois é. Essa situação já estava com caminho traçado, talvez avançar em sua transição esteja lhe abrindo os olhos (ouvidos, corpo todo, toda ouvidos dilacerados) para esses atos de violência que iniciam meio que disfarçados. É uma grande ignorância, mas é sobre viver numa sociedade que apoia e perpetua essa ignorância. E aí está esse corpo poluído, excluído e transviado, uma vez mais sendo graficamente exposto, excluído e fragmentado.

— *Não é por você ser trans. A gente te acolhe, acolheu.* — O que é acolher? — *Eu nem te chamo de (e fala o antigo nome d'Ela)! Você precisa entender.*

Essa lembrança é feita pois elas se conheceram na faculdade, Ela ainda se entendendo uma corpa não binária em constante evolução, mas já não em equidade — não usava o nome morto que agora é trazido pra debate. Ela automaticamente se sente violentada, de novo, e contabiliza quantas pessoas nesse espaço não sabiam o seu "nome de verdade" que acaba de ser exposto sem o menor cuidado, como já é de praxe.

— *Você não erra o nome nem o gênero de sua cachorra. Precisa também respeitar o d'Ela, antes que Ela de desgosto morra* — diz a Bixa Preta, reivindicando o respeito a sua amiga.

Negações são feitas, sequer assumem que não a tratam como mulher, é como se fosse tudo criação da cabeça d'Ela, pois ainda dizem que a mesma ludibria e inventa, que não está isenta de construir essa história que a Bixa agora colocou como uma reivindicatória.

— *Você inventa transfobia da sua cabeça para escrever textos e ganhar prêmios, não queremos participar dessa mentira: eu chamo isso de caô acadêmico* — disse a bixa não binária.

— *Mas talvez precisamos ouvir Ela?* — diz o Macho Cis.

A coordenadora avança em seu preconceito que a Ela apaga, a mesma que acredita que Ela tenha um Problema de Sexualidade:

— *Você está defendendo essa pessoa pois conhece há menos tempo, Ela cria essa imagem sobre Ela mesma, com maquiagem e montação. Mas na verdade Ela não presta...*

— *Olha pra mim! Você está falando de mim e eu estou aqui na sua frente! Eu sou Ela, eu sou gente!* — chora.

— *Mas que fixação é essa por olhar nos olhos! Olha, queridA. Eu quero que você seja uma...*

Travesti... De sucesso, mas longe de mim. Eu não preciso nem quero ver isso.

— Eu não tenho mais o que falar. Eu tenho de com canivete na rua andar, mas agora ele está acuendado no meu altar. Talvez esse aqui seja o único espaço social em que não me armo, estou aqui para trocar. Escrevi um texto, falei dezenas de vezes, mas não dá. Se quisesse estar em um ambiente onde não me querem, pra casa da minha mãe e família de sangue podia voltar. Se ninguém aqui quer que eu fique, eu vou, mas não deixo de lembrar; isso não é legal, expulsar! Isso é transfobia e vocês um dia vão pagar.

— Eu sou uma Bixa Preta, esse espaço é muito mais meu que de vocês, nunca esqueça! Você coordena esse lugar? Mas historicamente quem ergueu e construiu esse casarão foi um preto levando chibatada e com tijolos na mão. Eu vou, mais uma vez a branquitude me expulsa dos espaços. Eu vou, mais uma vez a branquitude me condena, me açoita, são anos de um povo escravo.

E saíram da morada desamparadas, como loucas. Saíram indefesas ao vírus que se espalha, saíram como se fossem culpadas através de atos que violentamente as desvalidam. Em meio ao samba que se erguia ao redor de árvore de **Sapucaia**, nessa **casa** no topo de Santa Teresa, comemorando o doutorado de uma (e a expulsão das outras), saíram. Sem sombra de dúvidas, foi um ato cruel e canalha.

Com uma lúcida lucidez, a Bixa, assim como Ela, em sua energia de cansada escassez, interroga;

— *Amiga, isso quer dizer que elas foram misóginas com você?*

Sem saber o que dizer, Ela apenas se sente violentada, com seu corpo-corpa que a todos incomoda.

. . .

A noite chegando.

Agora mais próximas do que nunca, a Bixa e Ela saem malucas pelas ruas escuras. Já estavam aproximadas antes, vivendo em quartos-quadrados não distantes, os mais baratos dessa casa alucinante. Os quartos próximo à cozinha, onde as transfóbicas-racistas se reuniam não só para o ato de se alimentar, mas para fortificar as barreiras desse desgaste — barreiras e muros que caem sobre os corpos que são expulsos, por séculos, de todas as partes.

Uma mochila nas costas com um par de coisas, Ela recebe uma ligação. *Eu não sei, vou aceitar por uns dias uma estadia na casa de amigos gays. É mais perto, já me conhecem bem, responderam mais rápido às mensagens disparadas em uma mescla de português e meu Pajubá-dialeto.*

— *Eu vou ficar aqui. Não tenho agora condições nem para onde ir* — diz a Bixa ao se despedir. — *Não tenho uma rede de contatos tão grande como a sua, espero que um dia eu construa. Olha pra ela, sua rede, que no geral é branca e de classe média, eu não tenho essa...* — E essas palavras vieram pra Ela como um alerta.

Choros, abraços e despedidas em meio ao cansaço. A Bixa cata um pouco da força que lhe resta e vai pra casa de uma vizinha, sua amiga, e Ela segue pro que rolou pro seu, talvez curto, destino absurdo.

No caminho Ela lembra que o aluguel do mês estava pago — e estavam ainda na primeira semana, tendo de sair assim, que esculacho! —, sua geladeira estava e ficou cheia, sem um estrago.

Mas que no bolso não tem nem um cigarro pra dar um trago. Lembra também que, no desespero, só trouxe o cartão e documentos antigos, com seu nome morto e de sua vida já excluído (e mais pra frente se dá conta, em um momento de tormento, de que nessa saída translouca-da perdeu todos os documentos, era meio que indigente não legalizada, clandestina). Lembra também que escreveu uma carta-documento nessa pandemia momento, para a dona do casarão, pedindo para o aluguel baixar; ou seja, todos usufruíam de um aluguel barato, oriundo de sua escrita — do talento de uma artista que agora era excluída dali, tendo de arcar com uma grana que no seu bolso não estava a existir.

Nesse momento o som do ódio começa a se concretizar em seu corpo-ouvido, mas falemos disso mais pra frente. Ela entende que, apesar dele, do ódio contra tais pessoas, não pode ficar absorta e odiosa contra mulheres cis (maioria nesse espaço que não a quis). O ódio aqui é contra a cisgeneridade, promotora da transfobia que a exclui e mata de verdade. A transfobia é construída e erguida por ela, a vivência cis, assim como o racismo é construído pela branquitude. É preciso que lavem suas mãos de sangue e não insistam em perpetuar essa história de morte, de apagamento de nossas vidas. Basta vermos os índices de mortes de mulheres trans e travestis, sempre com requintes de crueldade, que extrapolam o número de mortes de mulheres e pessoas cis; é morrer por ser quem o é, ter milhares de facadas, próteses de silicone arrancadas, cabeça raspada, ou — e muito — expulsão de sua própria casa. É preciso, pois é possível, criar uma cisgeneridade menos tóxica, pois, num salto atemporal do antes e depois do ocorrido, Ela veio e vem a conhecer uma parcela de população cis ou até cis-hetero não má, que a acolheu e não a tratou mal, mas a grande maioria ainda nos expulsa, mata, atormenta e nos exclui da convivência social.

Nesse momento, o motorista do *Uber* segura em seu falo tormento e sorri reparando na grande coxa de Ela, que por um momento se desespera.

— *Chegamos. Vai descer ou prefere ficar?*

Numa rua deserta de um bairro periférico, já adentrando a madrugada, Ela agarra sua navalha e se dirige à entrada do prédio. O motorista esboça um sorriso, morde os lábios; a masculinidade toxica é uó, bizarra!

— *Chegou um marica! Macho de saia!*

Insiste em rir o porteiro, o corpo d'Ela treme de ódio por inteiro. Chega estafada na casa das gays desavisadas.

Como é de se perceber, uma mulher trans-travesti não tem sossego ao tentar viver, mesmo em casas que a acolhem e em corpas que não seguem todas as normas sociais, a transfobia está a existir:

— *Por que não me buscaram na porta? Uma hora dessa, o motorista me assediando, o porteiro de mim burlando, eu não aguento mais* — tem uma crise de choro, volta a ouvir o som do ódio com o ouvido corpo todo.

— *Calma. Fica à vontade, tá tudo bem aqui. Fica calmO, amigO. Aqui você pode existir.* — Será? No masculino, não! Que gafe!

...

Receber ódio direto e indireto de corpas que já são difamadas socialmente. Entender que, se não se fala disso, torna-se uma bola de neve, pois assim começou: tratando-a no masculino na casa que a expulsou e que, se for literal, até dinheiro lhe deve. Mas chega uma hora, todos os dias, que cansa. Por que gays têm que perpetuar o discurso que em alto grau gera nossa matança? Por que até mulheres cis feministas (e gordas, assim como a coordenadora do espaço que a humilhou) insistem em nos pisotear? Violentar corpos que já são os mais violentados socialmente? É quase que um fetiche de, após sofrer muito, ser violenta com quem de você, socialmente, está um pouco abaixo — ou muito. O desejo do oprimido é se tornar o opressor, ou algo do tipo.

O som do ódio pode ser disparado de distintas formas: as frases que voltam na cabeça-ouvido d'Ela, fazendo com que a mesma não consiga olhar o próprio corpo, banhar-se, alimentar-se, acolher-se para dormir e descansar. É como um som a Ela atazanar. Mas também esses sons se misturam e formam um uníssono desconexo que a deixa sem ouvir o exterior, um zumbido forte que foi.

— *Agora eu entendo de fato a palavra T R A N S F O B I A.*

É como se o processo de transição tivesse começado pelo ouvido, assim como no processo de "chegar à vida" dos bebês. As outras funções do corpo-corpa foram então paralisadas. Ela não sente fome-sono-força-cansaço. Ela não sente pena-raiva-ódio, mas no peito existe um inchaço. Medeia que entende o que precisa ser feito para ter paz nesse mundo que já não mais a atrai.

— *Que corpo é preciso ser triturado para essa voz eu parar de ouvir?*

No último andar do prédio, acima das gays que dormem, acima de todos, Ela enxerga todo o mundo, que parece mudo, e todo o som que pode acordar a todos está dentro de si.

— *Como acabar com esse som? Como parar de acordar o mundo que dorme?*

Será que é sobre isso a estatística dos 35? Com essa idade que nós transfemiminas temos de expectativa... E você? Já viu uma prima, vó, tia (cis) que tenha passado dos 70? E uma travesti, se é que você conheça, com quantos anos ela se foi deste planeta? Falamos do ódio que provoca os assassinatos, mas e quando é sobre ouvir essa voz e precisar acabar com ela no recôndito de nosso quarto?

Nesse caso não é quarto, mas o topo de um prédio onde estou como um animal pronto pro abate. Sem documentos, como será que vão tratar esse corpo encontrado pela manhã, com ódio, sangue e maquiagem? Será que esse som que me desconecta de mim mesma vai se espalhar pela rua no bater do osso, carne com o chão sujo de pedra e pó, tendo passado por paredes e janelas de mármore? Ou será que vou voar e cumprir um sonho de infância? Quando era criança, Ela queria crescer mulher, ser mulher. Ela também queria voar.

Ela também queria aparecer na TV como Ela. Será que agora de algum veículo de jornal informal será manchete, capa de impresso e digital? Vão me ver na TV! Vislumbra uma imagem que a consome. Escreve seu nome, embrulha o papel e coloca no bolso, na calcinha, e até come.

— *Não tenho mais documentos, que essa escritura comprove quem ache o corpo d'Ela...* — O zumbido ficou mais forte nesse momento. — *Me encheram, me mamaram. Os hormônios me incharam. Mas esse ouvido, que podia ser moco, me sugou... A última vez que me olhei no espelho até me vi como um moço. E o peito? Que está como uma pedra que arde, se olho pra ele lembro do que foi jogado na minha cara, de manhã, pela "mulher de verdade". Eu me odeio, mas esse ódio não é de verdade. Pra não ser trapo nem lixo, trava cega nada, vou voar desvairada como uma trava danada.*

Será o desejo por voar ou apenas esse zumbido estancar? Fica na ponta do pé, segura um salto nas largas mãos. O corpo é comprimido pois não deseja esparramar-se alguns andares abaixo, no chão.

Mas ouvir esse zumbido, esse som que cresce no seu corpo ouvido, Ela não aguenta quer. Então voaremos, assim como voa uma bela e atordoada mulher.

Voaremos, voamos, eu e Ela, pois somos a mesma mulher, a mesma dilacerada traveca. Não aguento mais sofrer apenas por ser Ela e possuir neca. Todos os chamamentos que me agridem, desde criança, invadiram meu ouvido corpo e vão explodir... Assim que eu voar e cair nesse solo, que é o que no mundo mais assassina travesti.

Eu não voei, eu fui avoada. Eu não me assassinei, já fui há muito tempo assassinada.

...

...

...

...

Uma mulher acalenta seu próprio colo, amanhecendo sem dentes no solo. Essa mulher possui peito e falo. Ao seu lado um quebrado salto, um aplique mesclado a cabelo ralo, um pouco de barba.

E no chão, esse vermelho em volta do corpo será de menstruação?

Quem é essa mulher?

Quem é Ela?

* * *

Maria Lucas

é mestra em Artes pela UFRJ. Vencedora do primeiro lugar do concurso de ensaios da revista Serrote (IMS) com o texto *Próteses de Proteção*, constrói uma linha tênue unindo arte-vida, por meio de distintas plataformas artísticas.

HECATOMBE

[EDIÇÃO]
debora ribeiro rendelli
[REVISÃO]
marcella sarubi
[DIAGRAMAÇÃO]
victor h. azevedo
[PROJETO GRÁFICO E CAPA]
wladimir vaz
[COORDENAÇÃO GRÁFICA]
tiago fabris rendelli

dados internacionais de catalogação na publicação (CIP) de acordo com ISBD

lucas, maria
L933e esse sangue não é de menstruação, mas de transfobia / maria lucas. - bragança paulista : hecatombe, 2021. 50 p. ; 11,5cm x 18cm. – (quem dera)

ISBN 978-65-87938-22-6

1. literatura brasileira. i. título. ii. série.

2021-889 CDD 869.8992
CDU 821.134.3(81)

elaborado por odilio hilario moreira junior - CRB-8/9949